Mad er en nødvendighed, tænkte Sanne, [illegible]
køleskabet for at finde noget, hun havde lyst til at spise.

Hun elskede at gå på cafe og købe en grøn salat, men hendes egen smagte ikke så godt.

Det gik bedre, da hun havde spist sammen med andre, men det var jo ikke længere muligt.

Hun havde mistet sit arbejde og måtte spise alene. Hun kiggede på køleskabet igen, der var intet at råbe hurra for.

I morgen ville hun handle ind.

Hun gik ind i stuen, kastede sig tungt på sofaen.

Alene og ensom.

Tændte for TV.

Kolofon
September © 2023
Forfatter Lone Rytsel
Forlag: BoD – Books on Demand, Hellerup, Danmark
Tryk: BoD – Books on Demand, Norderstedt, Tyskland
ISBN: 9788743055532

Sanne beundrede naboen, der lige havde gjort lejligheden i stand.

Det kunne hun også tænke sig.

Hun havde planlagt det mange gange, og hun havde allerede købt en dåse maling.

Men tanken om at skulle flytte møbler og gøre grundigt rent og afdække gulvet, var en uoverskuelig opgave.

Der var også vigtigere opgaver at tage sig af lige nu.

Hun havde intet job, og snart var der heller ikke flere penge på kontoen.

Hun skulle til Jobcentret og melde sig ledig, men hun vidste, de ville spørge om noget, som hun ikke ønskede at svare på.

Bange.

I morgen måske?

Lyset skinnede igennem de sporadisk lukkede vinduer med de gamle persienner.

Sanne missede med øjnene. Hun elskede at sove længe og nu, hvor hun ikke skulle på arbejde, kunne hun nyde det endnu mere.

Hun vidste godt, at hun var ved at komme ud på et skråplan. Hun vågnede senere og senere og gik senere og senere i seng.

Nu opdagede hun, hvad der havde vækket hende. Det ringede på døren.

Det kunne vist kun være postbuddet med en rudekuvert, og det havde aldrig bragt noget godt med sig.

Larmen tog til.

Ikke muligt at sove videre. Åh hvor irriterende.

Sanne nægtede at åbne døren.

Det var ikke postbuddet, han plejede at smide en seddel ind.

Den, der stod udenfor, ville ind.

Sanne glemte næsten at trække vejret. Hvad skulle hun gøre?

Nu ville hun ønske, hun var stået tidligere op i morges og taget til Jobcenteret, så havde hun i hvert fald ikke været her nu.

Hun kunne mærke helt ind i knoglerne, at den, der forsøgte at komme ind, ikke ville hende noget godt.

Det føltes som den rene ondskab, hun måtte gøre noget,

Hun boede på 3. sal, hun måtte hen til vinduet.

Et brag.

Hjertet bankede.

Sanne åbnede øjnene.

Hun så noget hvidt og koldt. Et værelse med hvide vægge.

Ikke et hospital, det kunne det ikke være.

Det var en fornemmelse af ondskab.

Kan man egentlig fornemme ondskab?

Sanne hørte sig selv tale. Hendes stemme lød anderledes, end den plejede. Den var svag og sprød, som om den ikke havde været i brug i lang tid.

Pludselig blev det lysere, nu kunne hun se vinduet, og solen skinnede hende lige ind i øjnene.

- Du er vågen. Det var også på tide.

- Hvordan har du det?

Ordene var venlige, men ikke tonefaldet.

Gisp.

Et ansigt kom tæt hen til hendes.

- Du kom i vejen for en meget vigtig mission, vi var nødt til at få dig af vejen.

Og så sprang du ud af vinduet. Rigtig dum ide.

2 brækkede ben.

Vi ville bare have dig væk, men du gjorde det svært for os.

Nu må du blive her, mens vi finder ud af, hvad vi skal gøre med dig.

Sanne rystede over hele kroppen. Hun anede ikke, hvad det handlede om.

- Hvad har jeg gjort dig?

- Hold din kæft. Nu får du en sprøjte.

-Jeg kommer igen i morgen.

Sanne vågnede. Der var stadig hvidt omkring hende, men mørkt udenfor. Det måtte være nat. Hvad var det dog for et mareridt, hun var havnet i?

Hun havde ondt i sine ben. Hun prøvede at bevæge dem. men kunne ikke.

De sov.

Underligt, hun havde da aldrig hørt, at ben, der var brækket, føltes som om de sov.

Pludselig kunne hun mærke en følelse af varme. Benene var ved at "vågne". Det prikkede og stak i begge ben.

Hun kiggede ned på dem. de så helt normale ud, de var da ikke brækket.

Et koldt pust.

Døren gik langsomt op,

Sanne mærkede en hånd på sin mund.

- Tys, sig ikke noget

Sanne rystede på hovedet.

- Lover du ikke at skrige?

Sanne nikkede.

Hånden slap hendes mund.

- Jeg ved, du er helt uskyldig, og jeg vil hjælpe dig. Du har ligget i flere uger, så du er svag og kan sikkert ikke hjælpe til. Men hold mig om halsen, så trækker jeg dig.

Sanne klynkede let, men var egentlig ikke bange. Hun var bare træt, men også lettet.

Han virkede så troværdig, at hun var klar til lade sig hjælpe.

Han begyndte at trække, men en lyd stoppede ham.

Nu kunne hun høre, hvad det var. En underlig tør latter.

Var manden alligevel ikke hendes redningsmand. Hun prøvede at trække vejret ganske stille.

Lyden var væk. Der var helt stille. Hun prøvede at slappe af, og lod sig bære som en baby.

Underlig følelse. Pludselig stoppede han op. De var uden for huset.

Han løb som en gazelle med hende om halsen, og så slap han hende forsigtigt, og hun faldt med i noget blødt græs.

Hun så sig nysgerrigt omkring. Hun befandt sig i en gammel ruin.

Der var vådt og lugtede af mug. Hendes ryg blev våd.

Sanne hørte en stemme:

- Velkommen

En tynd, mager mand dukkede op indefra det mørkeste sted af ruinen.

- Du har ikke mere at frygte nu. Jeg skal nok hjælpe dig med at komme hjem igen. Jeg har forstået, at det hele er en stor misforståelse.

- Hvad mener du selv?

Sanne prøvede at sige noget. Stemmen svigtede hende næsten.

- Jeg ved ingen ting. Kender ingen af dem. Mistede mit arbejde og faldt ned i et sort hul. Mistede appetitten. Magtede ikke at gøre noget ved det. Og så skete det her.

Sanne prøvede at rejse sig, men nej.

Endelig troede hun, mareridtet var slut.

Men det var alligevel ikke tilfældet.

Hun forstod, at der var noget, der skulle hævnes. Det havde den tynde mand nået at fortælle hende, inden han faldt omkuld.

Hævn, men det havde ikke noget med hende at gøre. Hun skulle prøve at finde ud af, hvad hun kunne huske fra sine første leveår.

Og nu lå hun helt alene og prøvede at tænke på tiden, før hun gik i skole.

Det var ikke meget, hun kunne huske. Alt var tåget.

Men hun havde et billede af sommer, varme og hvide skyer hen over himlen.

Skyer, der for henover himlen, som løbere i et 100 meterløb, indtil himlen åbnede sig, og mere end det.

Himlen faldt ned.

Thor med sin hammer bragede gennem skyerne og zigzag lyn oplyste naturen, som i den billedbog hendes mor havde læst op for hende.

Naturen blev oplyst, så alt var tydeligt, selv om himlen på en gang var blevet kulsort.

Men hun havde haft en mor og noget med en billedbog.

Hun blev kastet omkuld og faldt med i den lille sø, der var i haven.

Det næste hun huskede, var at blive løftet op af en fremmed dame.

Den fremmede dame bar hende ind i en stor bil.

Hun havde aldrig kørt i en bil før.

Der gik ikke lang tid, før hun fik ondt i maven, men hun turde ikke sige noget.

Den fremmede dame havde ikke sagt et ord, og hun så meget streng ud. Lige som hun ikke kunne klare det mere og mærkede, at hun fik galde op i munden, stoppede bilen.

Og hun blev flyttet om på forsædet, hvor der i forvejen sad en pige på hendes egen alder.

Tårerne trillede ned af kinderne på hende. Den anden pige tog hende i hånden.

Sanne blev afbrudt i sine tanker ved lyden af stemmer uden for ruinen.

Hun prøvede at gøre sig så lille som muligt.

Der kom 2 sortklædte mænd ind. Store muskler og kronragede.

Sanne blev pludselig 5 år igen. De lignede fuldstændig nogle af dem, hun havde mødt på børnehjemmet, da hun var barn.

Børnehjemmet? Hun var lige ved at sige det højt. Havde hun været på børnehjem som barn?

Det havde hun ikke tænkt på før nu.

Ja. det havde hun da.

En stor sovesal, gitter for vinduerne, altid sulten og bange.

Være stille og usynlig.

Var det et børnehjem?

Sanne lyttede intenst til stemmerne, der forsvandt, uden mændene havde opdaget hende.

- Godt, så er vi af med ham. Om et par dage er det hele overstået.

Sanne turde trække vejret igen. Men hun vidste ikke, hvad hun skulle gøre.

Hun var meget svag og anede ikke, hvor hun var.

Måske skulle hun bare drømme lidt videre i de tanker, der var dukket op.

Hun havde altid syntes, at der var noget mistænkeligt i hendes familie.

Men ingen havde talt om, at hun havde været på børnehjem.

Hvis det var rigtigt, var det underligt, at hun intet kunne huske.

Hun huskede ikke noget, men pludselig dukkede der er en sang op.

"Vi klarer den. Vi er de bedste. Nu kommer vi"

Samtidig så hun nogle kvinder komme ind af en dør og hen til de børn, der lå på den lille sovesal,

Tog hver deres barn og gik ud igen uden at sige et eneste ord,

Alle kvinder havde det samme tøj på, og deres hår var klippet på samme grimme måde.

Pludselig ringede en hyletone højlydt, og kvinderne trak deres børn efter sig og satte tempoet i vejret og forsvandt.

Sannes hjerte hamrede højt, nu huskede hun lidt.

Sanne lå og blundede. Halvt vågen, måske halvt bevidstløs.

Hun huskede ikke, hvornår hun sidst havde fået noget at drikke.

Hun var tørstig. Ikke sulten mere. Det havde hun været, men nu var det gået over.

- Du kan vælge friheden, hvis du ønsker det.

Hun hørte en stemme sige det, men hun kunne ingen se, da hun åbnede øjnene, så det måtte være en stemme inde i hendes eget hoved. Hvor kom den fra?

Friheden?

Hun kæmpede sig op at sidde. Pludselig vidste hun, at ingen ville hjælpe hende. Hun måtte selv klare det.

Lige som da hun var barn.

Nu blev det pludselig klart.

Sanne kunne se det tydeligt for sig.

Hun havde boet et sted, hvor der var mange kvinder og endnu flere små børn.

De fleste børn havde en mor, der hentede dem om aftenen, men Sanne blev aldrig hentet.

Hun så de andre børn blive hentet og bragt tilbage, når lyset blev slukket.

Hun var nysgerrig, men børnene talte ikke sammen, så hun vidste ikke noget.

Hun ville gerne have kontakt med pigen, der lå ved siden af hende.

En morgen, da hun vågnede, lå pigen helt bleg og stille.

Hun vidste, der var sket noget.

Sanne vidste, at pigen ved siden af hende var død. En ide slog ned i hende.

Pigen havde en mor, der hentede hende hver dag i slutningen af dagen. Det havde hun ikke.

Hvad nu, hvis hun byttede seng med hende, så ville hun få en mor.

Hun tog en hurtig beslutning.

Pigen var ikke så tung, så hun kunne godt slæbe hende ned på gulvet, og bagefter op i sin seng, og så kravlede hun over i hendes.

Sengene var ens, og Sanne havde nogenlunde samme størrelse og samme hår.

Mon moderen ville lægge mærke til det?

En lyd.

Døren gik op.

Sanne lå helt stille og lukkede øjnene tæt til.

Døren lukkede igen. Det var ligesom dengang, hun var barn.

Men denne gang var hun voksen og burde kunne gøre præcis, hvad hun ville, og hun ville væk herfra.

Hun kunne stadig ikke huske, hvad der var sket dengang.

Hun lå og blundede lidt. Hun var vant til at læse mange romaner, flere om dagen.

Hun måtte da kunne finde en god ide til at komme væk. En af hendes romaner, må have haft en historie, hun kunne bruge.

Hun fik rejst sig op.

- Av for søren.

Hun lå på noget skarpt og hårdt.

En kniv.

Hun følte sig allerede bedre tilpas.

Nu kunne kun forsvare sig.

Sanne tog kniven op. Den var ikke særlig skarp, men trods alt en kniv.

Hun kravlede hen til døren og prøvede at åbne den.

Den var låst. Skuffelsen var stor.

Nej, det ville hun ikke acceptere. Hun prøvede en gang til. Den gav sig med en knirkende lyd, og døren åbnede sig.

Hun skuttede sig.

Vinden var kold. Men dejlig med frisk luft.

Hun kunne høre en bil, men turde ikke give sig tilkende. Blev liggende så flad som mulig.

Tanken gik tilbage til barndommen.

Sanne vidste ikke, om hun sov eller var bevidstløs. Hun så tydeligt sovesalen for sig, og hendes hjerte bankede som kraftigt tordenvejr.

Hvad nu hvis moderen opdagede, at hun ikke var hendes datter?

Men nu myldrede det ind med uniformerede mænd.

- Tag det roligt, vi er her for at hjælpe jer. Der holder busser uden for, som kører jer hjem til et godt sted at være.

I løbet af kort tid var alle sengene tomme, og alle børnene sad i en blød og varm bus med tæpper omkring sig.

Sanne vågnede ved en mandsstemme.

- Hallo. Hvorfor ligger du her? Er der noget galt? Kan jeg hjælpe dig med noget?

En venlig mand stod bøjet over Sanne.

Hun prøvede at rejse sig op.

- Skal jeg hjælpe?

- Ja tak

Sanne opdagede, at hendes stemme var rusten. Hun havde ikke talt med nogen i lang tid, og hendes stemme var tør af mangel på vand.

Et par timer senere var hun indlagt på et hospital og lå i en ren hvid seng og omgivet af søde mennesker.

- Det gør mig ondt, at du har haft sådan en hård skæbne.

- Hvad husker du?

- Nu skal du møde din mor

Sanne huskede pludseligt noget. Hun var forvirret.

Der var kommet en ældre kvinde, som fortalte hende en helt fantastisk fortælling.

Hun havde adopteret hende, da hun var 6 år.

Hun vidste ikke, hvor hun var kommet fra. Hun var blevet udvalgt til at tage imod et flygtningebarn.

Sanne kunne ikke rumme sådan en historie og bad hende gå.

- Hun var et flygtningebarn

Sanne lå og gentog sætningen igen og igen.

Hun havde boet i et slags kvindefængsel, hvor kvinderne fødte børn, som blev taget fra dem, når de blev 13 år.

Vanvittigt.

Hun måtte vide noget mere. Fortrød hun havde sendt den ældre kvinde væk.

Mon hun kunne få hende til at komme igen?

Hun bad sygeplejersken kontakte den ældre kvinde, der havde fortalt, at hun var hendes mor og et flygtningebarn.

Heldigvis lykkedes det, og næste dag kunne hun få lidt mere at vide.

Hendes mor fortalte, at hun havde ønsket sig et barn i mange år, men det havde vist sig umuligt for hende at blive gravid.

Men så kom der en dag en mand og ringede på hendes dør.

Hun var trist og ensom, så hun lukkede ham ind.

Hun havde i lang tid været ked af det.

Den dag følte hun sig alene og isoleret, og en mand, der ville sælge hende et abonnement på en bogklub og havde tid til at bruge tid på at snakke med hende, havde hun ikke kunnet modstå.

Hun kunne umuligt sige nej tak til at lukke ham ind.

Efter et par timers snak og flere kopper kaffe, var manden pludselig begyndt at tale om en virksomhed, han kendte til, som kunne skaffe hende en pige på 6 år.

Det var et tilbud, der virkede vanvittigt, men hun tog overraskende imod det.

- Ja, men jeg har ingen penge.

- Det behøver du heller ikke.

- Det er et barn, der har haft en svær opvækst og behøver en kærlig mor, og du får både tøj og mad til hende i de første 3 måneder. Så skal du selv klare resten. Men du må aldrig fortælle nogen, hvor du har fået barnet fra.

Hun vidste, det var forkert, men kunne ikke modstå det.

Et barn, som hun havde ønsket sig i mange år.

Hvordan skulle hun kunne sige nej tak til det?

Hun havde aldrig talt med Sanne eller andre om det.

Sneen dalede stille ned. Sanne stod og kiggede ud på nattehimlen. Hun følte roen brede sig, men alligevel var det som om, der var en lille orm, der gnavede.

Der var sket mere, som ikke helt var dukket op. Hendes huller i hukommelsen var der stadig, og når hun søgte at komme i tanke om, hvad det kunne være, var det som om, alt blev mørkt og hun kunne knapt huske, hvilken dag det var.

Lægerne havde fortalt hende, at der kunne komme til at gå lang tid, endda mange år, og måske kom resten af hukommelsen aldrig tilbage.

Hun vendte sig om og gik tilbage til sin lille stue, der havde givet hende så megen tryghed og glæde.

I nat fik hun sikkert ikke sovet mere, men så ville hun hellere benytte tiden til noget fornuftigt i stedet for at ligge søvnløs.

Hun trak stigen frem og satte den hen til lugen op til loftet. Hun skubbede den lidt frem og tilbage for at være sikker på, den ikke væltede, og så bevægede hun sig opad et skridt ad gangen.

Helt oppe kunne hun se, der var en stikkontakt, så hun kunne sætte lys på.

Gisp.

Hele loftet var møbleret med gamle lædermøbler, og bogreoler over alt. Ikke som man forventer af et loftsrum. Fuld af gamle ting, man ikke nænner at smide ud, og aldrig får gjort.

Det her var noget helt andet.

Det var et arbejdsværelse med skrivebord og et stort sorteringsbord med en lille printer i den ene ende. Der var også en blød lænestol, og en hyggekrog med en hyggelampe. Og så var der reoler overalt på de ledige vægge.

Sanne gik nærmere. Hun måtte simpelthen se nærmere på de mange bøger. De fleste var neutrale i farverne, men enkelte skilte sig ud ved at være farvestrålende.

Hun tog den ene ud. Den lugtede gammel, som et gammelt sommerhus, der ikke var blevet udluftet i lang tid.

Hun pustede på den for at få titlen frem.

- Føj, hvor var det støvet

Hun kom til at hoste og nøs så mange gange, at hun ikke kunne se, hvad titlen hed. Hun rystede bogen endnu engang. Det støv var ikke til at komme af med.

Endelig kunne hun se noget.

"Samtaler med en afhopper".

Hun bladrede lidt i den, og der faldt en lille lap ud.

"Samtaler med en afhopper" – oversat af Søren Jenstrup.

Hun bladrede i bogen. Der var nogle stednavne,

Dnepr og senere Cheksna, og så stod der noget med Fjodor Dostojevskij,

Det lød meget russisk. Ikke at hun kendte stednavnene, men Dostojevskij, vidste hun da, var en russisk forfatter.

Hvorfor var der et helt bibliotek med masser af gamle bøger og stillet op som et arbejdsværelse og så en russisk bog om en afhopper.

Hun begyndte at se nærmere på de andre bøger. Nogen havde hun aldrig hørt om, andre mindede hende om titler på film om spionage, som hun havde set på TV.

Hun vendte sig om for at sætte sig på kontorstolen og så nu den seddel, der var faldet ud af bogen. Den havde hun helt glemt. Det var en seddel med en masse tegn, som sikkert var bogstaver og sikkert en tekst, men hun var ikke i stand til at læse den.

Måske var det russisk. Kendte hun nogen, der kunne læse russisk?

Der var gået lang tid siden, hun var blevet reddet, men hun havde stadig ikke tiltro til nogen, hun ikke kendte. Hun gik sjældent uden for en dør.

Varerne fik hun sendt til døren.

- Er du hjemme?

Hoveddøren gik op med det brag.

Der stod en mand helt inde i korridoren. Åh, nej.

Hun havde glemt at låse døren. Hun trak sig tilbage til den bagerste ende af arbejdsværelset.

Det var chaufføren fra Nemlig.com. Han ville opdage hende, for stigen stod stadig nede i køkkenet.

- Hallo. Er du hjemme? Jeg har en kasse med grøntsager til dig. Ok, jeg sætter den bare her i korridoren.

Hun hørte hans skridt, da han gik ud af hoveddøren. Hun styrtede hen til nedgangen til stigen og skyndte jeg ned og hen til døren.

Hendes hjerte hamrede som en tromme, der var gået helt grassat. Var han væk?

Hun turde næsten ikke se efter, men kiggede hurtigt ud af vinduerne, da hun hørte bilen køre væk og kunne se kassen med grøntsager stå i korridoren.

Bilen kørte væk. Han måtte være væk.

Hun tøvede. Turde hun låse døren, hvis der alligevel var en fremmed mand i hendes hus?

Hun hørte en underlig lyd som små mussefødder, der pilede hen over soveværelsets gulv, som ikke havde gulvtæppe, så man kunne høre, hvis nogen gik på gulvet.

Men mussefødder. Nu var det da gået helt galt for hende.

Hun stod helt stille, og lyttede. Lyden var væk.

- Nej – nu måtte hun tage sig sammen.

Hun stod helt stille og lyttede. Der var intet at høre. Hun gik tilbage til stigen. Nu vidste hun, hvad hun ville.

Hun ville gå op og hente en af de andre bøger. Måske var der et mønster i udvalget af bøger, eller måske temaer. I alt fald ville hun kunne bruge natten til noget fornuftigt.

Hun talte til sig selv. Når man ikke kan sove, kan man jo lige så godt læse i en ny bog. Det var som at åbne en verden af noget magisk, fordi det var noget, andre havde skrevet. Det var som et eventyr at åbne en ny bog.

Man ved ikke, hvad der venter én. Det kan være spændende, sjovt eller uhyggeligt eller noget helt andet.

Hun mærkede en varme i sin mave. En forventningens varme, som hun kunne huske, hun havde haft som barn.

- Du godeste. Nu står verden ikke længere. Hvad er der sket?

Hun hørte sig selv tale højt. Stigen var væk. Lugen var lukket. Hun havde gåsehud over hele kroppen. Der måtte være nogen.

Sanne anede ikke sine levende råd. Hun sagde det højt.

- Der må være en eller anden.

- Jeg aner ikke mine levende råd.

Og så brød hun ud i latter. Det var da en underlig talemåde.

Hvad var levende råd?

Var der også noget, der hed døde råd?

Det måtte hun prøve at google. Pludselig havde hun glemt sine små musseføddder. Hun havde hørt, at man godt kunne blive lidt tumpet i hovedet, når man kom ud for en traumatisk oplevelse, og det havde hun jo været.

Der var lige det med stigen, der var trukket op igen. Det var meget underligt. Kunne hun selv have gjort det, men bare glemt, at hun havde gjort det?

Det var ikke særligt sandsynligt. Men nu ville hun ikke tænke mere over det i dag.

I morgen ville hun igen gå op på loftet og finde ud af, hvorfor der var et kontor. Et helt møbleret kontor et sted, hvor man mindst forventede det.

Nej, nu ville hun sætte sig ind og skrive en lille tekst på 100 ord, som hun før havde brugt terapeutisk. Hun skulle lige finde et ord.

Hun slog op i den bog, hun havde forsøgt at begynde på i går.

Bladrede lidt og lukkede øjnene og satte fingeren på den side, der dukkede op.

BEGRAVELSE – nej nu stod verden da ikke længere. Hvor kom det ord fra?

Nu havde hun besluttet sig for at skrive 100 ord, så det måtte hun gøre. Altså ordet var BEGRAVELSE.

Hvad tænker man, når man hører det ord. Mange tanker.

Død, men også sygdom og smerter. For ikke at tale om sorg og afsked. Men der er også familie og arvestrid. Kunne også være minder og historier. Og så var der bedemand og papirarbejde. Det kunne nu også godt være lidt flere positive og glade ord.

Nu væltede ordene frem, og hun var ligeglad med, om der var 100 ord eller færre eller flere. Hun måtte bare fortsætte med at skrive muligheder.

Hvad med at sige farvel til en rigtig dårlig vane?

Hvad med at begrave den usunde nikotintrang?

Hvad med at tilgive og sige farvel til vrede og nag?

Hvad med at begrave følelsen af svigt og forræderi?

En god følelse. Kunne hun det? Vidste det ikke.

Kunne hun tilgive og begrave det svigt, hun havde været udsat for?

Et kraftigt lys fik hende bragt ud af tankerne om ordet BEGRAVELSE.

Av. Av. Av. En skærende skarp smerte gik fra hendes hoved og ud i hele kroppen

Sanne havde lukket øjnene. Men var også nødt til at holde hænderne for.

Lyset blev langsom mindre skarpt. Og til sidst vovede hun at fjerne hænderne og lidt efter fik hun mod til at åbne øjnene.

Av – det gjorde ondt, men lidt mindre.

Hun opdagede, at det var blevet morgen, og solen skinnede lige ind i køkkenet.

Hun måtte udenfor og se, hvordan verden så ud. Hun hørte solsorten fløjte og hendes 2 duer sad oppe i det høje grantræ og så ud, som om de kyssede hinanden.

Hendes hoved bankede,

Nu vidste hun, hvad det var. Et migræneanfald. Det havde hun haft før. Heldigvis havde hun medicin, så hun skyndte sig ind i soveværelse, tog en slurk vand sammen med pillerne. Vidste det skulle gøres hurtigt, og persiennen skulle rulles ned og en ekstra pude oven på øjnene og hun lagde sig til at sove.

Hun vågnede efter en dejlig drøm. Hun så en lille dreng sidde på en sky, mens han sang. ”Ole sad på en sky og sang”.

Der var noget galt. En sød sang, men Ole sad da på en knold og sang. Pludselig var drengen forandret til en ørn, som dykkede lige ned mod Sanne.

Sanne vågnede. Hun var klar over, at det med ørnen, var en drøm. Hun kunne mærke, hun smilede. Hun huskede noget. Huskede ikke, om det var en god oplevelse, men hvis hun smilede, måtte det jo være noget positivt.

Åh, ja nu huskede hun det. Noget med at hun havde været på loftet og fundet et mærkeligt indrettet loftsrum, og så en lyd og da hun gik ned af stigen hørte hun lyden af små trippende fødder og så loftsrummet, der var blevet lukket, uden hun selv havde gjort det.

Et migræneanfald.

Føj, hvor hun lugtede. Sengetøjet var bestemt ikke rent. Måske havde hun kastet op. Det vidste hun, man ofte gjorde ved et migræneanfald. Hun rejste sig forsigtigt op. Smerterne var væk, og hun følte sig frisk. Hun var sulten. Køleskabet var gabende tomt.

Hun måtte på gaden. Men hun blev nødt til at tage et bad og putte sengetøjet i vaskemaskinen. Godt hun havde anskaffet en tørretumbler, så hun kunne få det tørt, inden hun skulle i seng igen i aften.

Sikke en følelse. Rent varmt vand strålede ned over hendes krop, og den nye shampoo duftede af roser. Hun huskede noget om roser, men ikke hvad det var.

Nu skulle hun ud at handle. Og hun skulle købe roser. Roser var det bedste, hun vidste. Gav hende fred til at meditere.

Lige da hun åbnede døren, mærkede hun et stød i hovedet og et ordentligt brag. Hun så en stor sten ligge på jorden ved siden af hendes hoved.

Hun mærkede efter på sit hoved. Hun var øm og ville måske få en bule, men stenen havde kun snittet hendes hoved.

Heldigvis. Ellers havde hun vist ikke stået her.

- Nej – nu kan det være nok.

Sanne talte højt. Nu ville hun finde ud af, hvem der var efter hende. Det kunne ikke være et tilfælde.

Nogen ville hende til livs. Men hvorfor? Hun levede et stille liv og havde kun lidt kontakt med andre mennesker. Hun vidste næsten med sikkerhed, at der var nogle forklaringer oppe på loftsrummet. Hun måtte derop igen.

Hun havde fuldstændig glemt, at hun var sulten.

Hun skyndte sig tilbage til huset igen, og trak stigen ned og hurtigt op af trappen.

- Nej nu stod verden da ikke længere.

Der havde været nogen. Reolerne var rykket ud fra væggen, og en stor gulvvase var væltet. Det kunne ingen små mus have gjort.

Gad vide, om de, der kastede med sten og rodede rundt på loftet, havde fundet, hvad de ledte efter. Nej, så ville de nok ikke fortsætte med at kaste med sten.

Og hvad mon det var, de ledte efter?

Gamle støvede bøger kunne da ikke være interessante, og der så ikke ud til at være andre papirer eller breve.

Hun fik en ide.

Måske var nogle af bøgerne dagbøger?

Hun ville prøve at gå alle titlerne igennem.

Efter en time satte hun sig ned helt forpustet og udmattet. Det var en håbløs opgave. Det var ganske almindelige bøger, men det værste var, at det ganske vist bare var bøger, men faktisk var mange af dem meget spændende, så hun begyndte at læse i dem. På den måde blev hun aldrig færdig.

Det gjorde måske heller ikke noget, hun havde jo tid nok, hvis bare hun kunne være sikker på, at der ikke var nogen, der stræbte hende efter livet.

Hun havde ikke glemt den sten, hun var lige ved at få i hovedet, eller at der havde været noget på loftet, efter hun var gået ned i stuen.

Pludselig faldt der igen en lille seddel ud af en af bøgerne.

På sedlen stod:

3. sten mod højre og 5. sten mod venstre. Underligt.

Hvad kunne det mon være. Sanne gik bag reolen for at se, om der var sten på den væg. Underligt.

Pludselig fik hun en skærende smerte i hovedet som om, der stod én med en kniv og stak i hende.

Åh – nej – ikke migræne igen.

Det svimlede for hende og munden blev fuld af vand. Hun måtte hurtigt ned. Hun kunne ikke kaste op her blandt alle de mange gamle bøger.

Hun styrtede hen til trappen og kastede sig ned af trinene.

Desværre lidt for hurtigt, så hun mistede de 3 sidste trin og landede på knæene. Hun gispede af smerte og havde næsten glemt smerten i hovedet, men nu kunne hun ikke holde fast på vandet inde i munden.

Opkast og galde væltede ud på gulvet. Hendes gentagne krampetrækninger var så voldsomme, at hun knapt fik tid til at trække vejret. Da der til sidst ikke var mere at kaste op af, faldt hun næsten bevidstløs om på gulvet. Hovedet hamrede som om en trommeslager havde taget bopæl i hendes hjerne.

Pludselig mærkede hun en kold klud på panden og en blid stemme sagde til hende:

- Tag det roligt. Det værste er snart overstået. Jeg giver dig en sprøjte, og så får du ro og kan sove nogle timer.

- I morgen er det hele overstået og du har glemt alt. Sådan er migræne. Næsten som at føde. Når det er overstået og uanset, hvor slemt det var, så er det glemt bagefter.

Lysende stjerner og torden. En gammeldags smed, der hamrede og bankede. Sanne jamrede højt. Hun havde aldrig oplevet noget lignende. Var hun kommet i helvede.

Hun havde oplevet smerter før, men aldrig så meget som nu.

Langsomt blev lyset afdæmpet og smerterne aftog.

Hun kunne dufte roser, der mindede hende om en god oplevelse sammen med sin mor. Hun havde taget hende med på en skovtur og vist hende en park med de smukkeste roser i alle farver, og sagt til hende, og det bedste middel mod problemer, var at se og dufte til roser, og så kunne man kun føle, at man var i Paradis, og der var en engel, der passede på én.

Sådan følte Sanne lige nu.

En engel havde taget smerterne fra hende, og da hun vågnede stod der en buket roser på natbordet ved siden af hende.

Sanne følte sig nyfødt og parat til livet.

Hun lå stille og nød det. Øjnene faldt i, og hun sov trygt og roligt, som efter et hårdt arbejde.

Hun drømte dejlige fantasifulde drømme med lysegrønne feer og små hvide engle, der sværmede rundt omkring hende.

Der var kommet en fred over hende. Hun vidste ikke, hvad der var sket, men hun var klar til at finde ud af det. Hun var ikke bange mere, men klar til at tage kampen op, hun skulle nok finde ud af, hvad der var sket med hende og hvorfor.

Nu ville hun lige nyde at blive liggende og mærke den styrke og kraft, som hun følte sig helt opslugt af.

Hun lukkede øjnene, og nu kunne hun også høre noget svagt musik. Hvad var det nu for en musik? Hun syntes, hun kunne huske et eller andet. Hun så nogle små trolde for sig, som hoppede og sprang rundt i en stor skov med mange store sten. Pludselig kunne hun huske det. Musikken af Grieg, som hun altid havde elsket. Feer, engle og musik.

Hun følte sig som i den syvende himmel, hvis der ellers var sådan én.

Nu vidste hun, hvad hun ville.

En to tre. Sanne sprang ud af sengen. Opdagede at det var hendes egen seng, hun lå i.

Hun huskede svagt, at hun var kørt i ambulance.

- Pyt – hun var hjemme.

Hun var vågnet og følte sig frisk. I dag ville hun op på loftet og se på den lille grønne seddel, hun havde fundet.

3. sten mod højre og 5. sten mod venstre.

Hun kunne huske, der var noget med, hun var i færd med at se bag reolen, da hun vist fik et migræneanfald, og så måtte der være sket et eller andet, så hun havde været indlagt på et hospital eller måske bare en skadestue.

- Nej, det gider jeg ikke tænke på nu.

Hun kunne høre sin egen tanke, og opdagede, at stemmen lød høj og tydelig med en kraftig styrke og fuld af selvtillid, som hun ikke anede, at hun havde.

- Jeg skal vise dem, at jeg klarer mig, og de skal ikke få mig ned med nakken. En voksen kvinde skal da ikke lade sig slå ud af sådanne idioter.

Hun lo højt af sin egen stemme.

En time senere lo hun endnu højere. Hun havde fundet en stenmur bag ved reolen.

Hun begyndte at tælle sten, og den 3. sten virkede lidt løs. Hun måtte ned af stigen og finde en kniv, hun kunne løsne den med. Sikke en overraskelse.

Nu kunne hun næsten ikke styre sig. Hun var var nødt til at gøre noget. Hun havde fundet 10 dagbøger. Smukke bøger med sommerfugle på. Hun skyndte sig ned til dagligstuen, men undervejs snuppede hun en flaske hvidvin fra køleskabet.

Nu skulle det fejres.

Og de fineste krystalglas, som hun havde fået i fødselsdagsgave skulle indvies.

Hun læste og læste.

Hun havde hurtigt fundet ud af, at det måtte være hendes mors dagbøger. Et liv i en periode over 6 år.

Den var mere spændende end den bedste krimi, hun havde læst i mange år.

Dagbøgerne startede, da der endnu ikke var tænkt på Sanne.

En ung kvinde på 18 år.

Hej kære dagbog. Jeg har fået dig i fødselsdagsgave, og du er smuk og indbydende, så jeg glæder mig til at skrive inde i dig, Men det bliver ikke hver dag, for jeg oplever jo ingen ting. Mit liv er så kedeligt, som det kan være.

Ikke nogen kæreste og kun en veninde. Der er ikke meget at skrive om.

Næste dagbog startede med:

Hold da op. Kære dagbog, jeg har glædet mig til at kunne betro mig til dig igen, for nu har jeg virkelig noget at skrive om. Hvem skulle have troet, at mit liv kunne ændre sig så hurtigt?

En dag fik jeg en underlig mail.

- *Læs ikke denne mail, med mindre du er nysgerrig og videbegærlig, men hvis du er det, så skal du vide, at du vil blive belønnet såvel her på jorden som i himlen.*
- *Men du skal vide, at hvis du læser videre, så er du bundet for resten af livet.*

Jeg var nysgerrig, så vovede at læse videre og fik et fantastisk liv, men også fanget og bundet i et edderkoppespind.

Jeg vil gerne fortælle om det. Men jeg må ikke skrive om det, så jeg vil skrive en fantasybog for børn, og så kan ingen opdage, hvad det er, jeg skriver. Eller måske bare noget fantasi, så ingen kan genkende fantasi fra virkelighed.

Det kan vel ikke være så svært.

Sanne lagde dagbogen fra sig. Hun havde ikke fundet en Fantasybog for børn nogen steder. Den var måske gemt et helt andet sted.

Hun måtte op på loftet igen.

Sanne lagde bogen fra sig. Hun opdagede, at hun havde siddet i flere timer og læst. Hun var helt svimmel og kom i tanke om, at hun stadig ikke havde fået noget at spise.

Vin uden noget at spise, var ikke så godt. Hvad skulle hun gøre? Turde hun gå udenfor?

Det var jo ikke gået så godt, sidst hun prøvede.

Sanne åbnede forsigtigt døren. Blev stående i døråbningen, kiggede op. Der var ingen sten at se, men på den anden side. Hvis der var én, ville den vel falde så hurtigt, at hun ikke kunne nå at se den.

Suk.

- Jeg bliver vist nødt til at være modig. Nu går jeg udenfor, henter min cykel og kører op til købmanden. Jeg må simpelthen havde noget frisk luft og en hel masse mad, så jeg kan klare mig, mens jeg søger loftet igennem, og jeg glæder mig allermest til at læse videre i dagbøgerne.

Sanne skyndte sig af sted, mens hun fortsatte med at tænke på alt det, hun glædede sig til at gøre, når hun kom igen. Hun følte sig sulten efter mad, men mest sulten efter at blive kogere.

Hun opdagede pludseligt, at hun ikke var alene.

Sanne opdagede, der stod nogle børn og stirrede på hende.

- Hvem taler du med? Børnene talte til hende.

- Åh, undskyld. Jeg er begyndt at tale med mig selv.

- Vil du ikke hellere tale med os?

- Absolut, men jeg vidste ikke I stod her.

- Er du den gamle heks, der bor oppe i det gule hus?

Sanne blev så overrasket, at hun blev nødt til at le.

- Ha ha – kalder I mig det? - Nej, jeg er ikke en gammel heks, men det er rigtigt, at jeg bor i det gule hus. Jeg hedder Sanne. Måske har I lyst til at besøge mig en dag?

- Nej, det må vi ikke for mor

Pigerne stak af i løb, og Sanne stod og så efter dem.

Det gik ikke mere. Nu måtte hun begynde at få kontakt med sine naboer. Hun havde isoleret sig alt for meget og i alt for lang tid.

Hun ville jo faktisk gerne tale med nogen, og nu hvor hun havde oplevet så meget, havde hun brug for at diskutere det med nogen. Helst nogle voksne, men børn kunne nu også bruges. Hun havde læst, at børn var så dejligt logiske.

Hun stod og kiggede efter dem, mens hun sundede sig. Nu ville hun ned til købmanden. Var det mon rigtigt, at folk snakkede om hende?

Måske skulle hun prøve at deltage i nogle af de aktiviteter, hun havde læst om i lokalavisen.

Når hun kom hjem, ville hun læse avisen. Hun plejede kun at bruge den til affald.

Hun kørte og tænkte, om det mon var muligt, at hendes mor også var indblandet i noget spionage, som hende pigens mor, der lå ved siden af hende i sengen på det hjem, hun havde været spærret inde i.

Nej, det orkede hun ikke at tænke over. Nu ville hun finde noget lækkert at spise og måske en god flaske hvidvin, og så ville hun glemme alt om fortiden, og måske bare lade som om hendes liv startede fra i dag.

Hun havde set et opslag hos købmanden. Et foredrag i forsamlingshuset. SE VERDEN MED NYE ØJNE

Det var allerede i morgen aften, så hun havde tid til at finde noget rent pænt tøj. Men pyt.

Hun tog sig i at smile og glæde sig til i morgen. Det var vist længe siden, hun havde glædet sig til noget.

Hvad kunne der ikke ske?

Sanne var gået ud i badekarret og havde lige fået tændt for det varme vand. Hun havde nydt at få købt ind og fået noget sundt og godt at spise.

- Av

Det var vist lidt for varmt. Hun måtte hellere regulere det,

Ligesom alt andet her i livet, var det et spørgsmål om balance. Balance mellem koldt og varmt. Balance mellem godt og ondt,

Balance mellem det der gjorde ondt at tænke på og det, der gjorde godt,

- Tiden læger alle sår

Sådan havde psykologen sagt til hende. Hun syntes, hun var en idiot, hun ville aldrig kunne glemme det, de havde gjort ved hende.

Hun kunne ikke tilgive dem, eller rettere hun ville ikke tilgive dem, men tiden var gået. Det var snart flere år siden, og når hun skulle tænke på dem, og det hun havde oplevet, var det som om billedet blegnede lidt, som om en tåge lagde sig over oplevelserne,

Hun kunne stadig se dem for sig, men hun kunne ikke længere mærke det, især når det var noget, hun selv havde oplevet, og som andre kaldte en traumatisk oplevelse.

Hun steg op af badekarret og tænkte, at nu ville hun leve sit liv.

Sanne var begyndt at deltage i byens sociale liv, og følte, at hun var ved at finde sig selv igen, og i dag ville hun skrive lidt i sin taknemmelighedsdagbog, som hun havde lært af psykologen.

Men hun havde altid været lidt ulydig overfor, at nogen ville have hende til at gøre noget, hun ikke havde lyst til.

Hun lagde bogen på bordet, men rakte over efter den anden bog. Den sorte bog. Den hun elskede at skrive i, mere end i den gule og røde bog, som var forsiden på den bog, som psykologen, syntes, hun skulle skriv i –

Taknemmelighedsdagbogen.

Men så fortrød hun, hun åbnede alligevel den flotte bog og så datoen,

Gisp. Det kunne da ikke være rigtigt.

Der var gået 3 år siden hun sidst havde skrevet i den.

Hvor var tiden blevet af?

Tiden går, sagde folk, hun mente nu, at tiden løb, og det gav mere mening, at der var blevet mindre af den.

Hun læste den sidste sætning i bogen.

- Der er tid nok. Tid nok til at sætte hævnen i gang, når jeg bliver færdig med planlægningen. Der er ikke noget, der haster. Jeg skal nok få dem en dag.

Sanne sad udenfor i solen og nød fuglekvidder og duften af hyldeblomsterne. En stærk duft, der hjalp hendes beslutsomhed. Nu skulle der ske noget nyt. Hun ville i gang med sit nye liv.

Hvis hun ikke havde skrevet i din sorte bog i 3 år måtte hun være på vej ud af det traume, der havde spoleret hendes liv i barndommen og senere i hendes voksne liv.

Hun gad faktisk ikke længere tænke på hævn. Det ville ingen forskel gøre. Sket var sket, men hun måtte stoppe dem, der troede, at hun vidste noget, der kunne skade dem.

Hun havde læst alle sin mors dagbøger igennem. Det havde været svært og indviklet at holde den røde tråd, men efter tredje gennemlæsning, forstod hun, hvad der skete.

Hun ville offentliggøre den del af dagbogen, hvor hendes mor havde brugt fantasien til at beskrive, hvad der skete. Hun havde allerede talt med et forlag, som ønskede at udgive historierne i 10 små bøger som eventyr for voksne. De mente, de var for barske for børn.

Hun kunne ikke fortælle, at det var hendes mors historie, men havde lavet et forord, hvor hun fortalte om dagbøgerne, som havde inspireret hende til skrive bogen.

3 år senere, tæt på juleaften sad Sanne på Forlagskontoret.

De 10 bøger var skrevet og udgivet. De bestod blot af 150 sider hver, men smukt illustreret, og forordet blev gentaget i dem alle sammen.

Hvis hendes fjender fulgte hende, kunne de ikke være i tvivl om, at hun kendte moderens historie ud fra hendes dagbøger.

Men hun var nu en offentlig person, og hun havde tydeligt gjort opmærksom på, at dagbøgerne var brændt, og alt, hvad moderen havde efterladt, var væk.

Efter hun havde besluttet at tage ansvar for sit eget liv, og leve livet fuldt ud, var alt lykkedes for hende.

Hun var ikke til fare for dem mere, for nu var alt synligt og afsløret for alle.

Hvad hun ikke fortalte dem, var, at hun havde afleveret dagbøgerne til lokalhistorisk samling med den klausul, at de ikke måtte offentliggøres før efter hendes død, eller hvis hun forlod livet på en voldsom og forbryderisk måde.

Sanne smilede over hele hovedet.

Hun havde fået sin hævn på en måde, der passede hende og nu kunne hun leve livet igen og på en bedre måde end tidligere.

Hun havde bestilt et fly til Brasilien uden returbillet, så mon ikke........

Efterskrift

Som forfatter henter jeg inspiration mange steder fra.

I februar 2023 besluttede jeg mig for at følge Facebooks February-Fiction, hvor man i fællesskab skriver en tekst hver dag i februar måned med 100 ord ad gangen.

Jeg gjorde det samme i 2021, hvor jeg skrev en lille tekst hver dag ud fra et ord, der dukkede op. Det kom der en lille bog ud af. ”Opmuntring i en krisetid”.

Det havde været så underholdende at skrive de tekster, at jeg også ville være med i 2023, men prøve noget nyt.

Skrive en lille sammenhængende historie med 100 ord ad gangen, og gerne sådan, at læseren blev fanget og ville blive nysgerrig efter næste dag også.

Der skulle derfor være lidt spænding, så jeg kastede mig ud i det og lagde nogle af teksterne på Facebook og fik kommentarer fra mine læsere.

Da jeg var færdig den sidste dag i februar måned, synes jeg ikke historien var færdig, så fortsatte med at skrive, men denne gang med ca. 200 ord pr. tekst.

Det kom der så en lille miniroman ud af. Ikke så mange ord, men rolig læsning, hvor man fra kapitel til kapitel, kan nyde teksten og indleve sig i Sannes historie, som bogen kom til at hedde, og nu er den udgivet og titlen er blevet USKYLDIG FORFULGT.

Bogen er Sannes historie, fortalt af Sanne i den dagligdag, hvor oplevelserne dukker op. Håber bogen tages imod med de positive indstilling og glæde, den har givet mig at skrive.

Lone Rytsel

Andre tilsvarende udgivelser:

Ord til eftertanke 2013

Forrådt 2015

Hemmeligheden 2015

Saras hemmelighed 2015

Ikke glemt 2016

Bjerget, der åbnede sig 2016

Kærlighedens krinkelkrog 2018

Kærligheden – den lykkelige og udfordrende 2018

Katastrofen – en Corona kom forbi 2020

Opmuntring i en krisetid 2021